ÉTIENNE DESTRANGES

Naïs Micoulin

D'ALFRED BRUNEAU

PARIS

Librairie FISCHBACHER

(SOCIÉTÉ ANONYME)

33, Rue de Seine, 33

—

1907

Naïs Micoulin

D'Alfred Bruneau

DU MÊME AUTEUR

~~~~~~

Etudes analytiques, critiques, thématiques

L'ATTAQUE DU MOULIN, d'*Alfred Bruneau*.

BRISÉIS, d'*Emmanuel Chabrier*.

CONSONNANCES ET DISSONANCES.

LE CHANT DE LA CLOCHE, de *Vincent d'Indy*.

EMMANUEL CHABRIER ET GWENDOLINE.

L'ENFANT-ROI, d'*Alfred Bruneau*.

L'ETRANGER, de *Vincent d'Indy*.

L'EVOLUTION MUSICALE CHEZ VERDI : AIDA, OTHELLO, FALSTAFF.

LA FAUTE DE L'ABBÉ MOURET, d'*Alfred Bruneau*.

LES FEMMES DANS L'ŒUVRE DE RICHARD WAGNER, avec une préface d'*Alfred Bruneau* et vingt dessins d'*A. de Broca*.

FERVAAL, de *Vincent d'Indy*.

HÆNSEL ET GRETEL, d'*E. Humperdinck*.

KÉRIM, LE REQUIEM, LA BELLE AU BOIS DORMANT, PENTHÉSILÉE, LES LIEDS DE FRANCE, LES CHANSONS A DANSER, d'*Alfred Bruneau*.

LES INTERPRÈTES MUSICAUX DU FAUST DE GŒTHE (épuisé).

MESSIDOR, d'*Alfred Bruneau*.

L'ŒUVRE LYRIQUE DE CÉSAR FRANCK.

L'ŒUVRE THÉATRAL DE MEYERBEER.

L'OURAGAN, d'*Alfred Bruneau*.

PROSERPINE, de *Saint-Saëns*.

LE RÉVE, d'*Alfred Bruneau*.

SAMSON ET DALILA, de *Saint-Saëns*.

SANCHO, de *E. Jaques-Dalcroze*.

TANNHÆUSER.

LES TROYENS, de *Berlioz*.

LE VAISSEAU FANTÔME.

Ouvrages divers

COLLOT D'HERBOIS A NANTES, d'après une pièce originale découverte dans les Archives de la Ville.

DIX JOURS A BAYREUTH.

LE THÉATRE A NANTES DEPUIS SES ORIGINES JUSQU'A NOS JOURS (1430-1901), avec dix gravures et un portrait.

NOTES DE VOYAGE.

SOUVENIRS DE BAYREUTH.

Étienne Destranges

Naïs Micoulin

d'Alfred Bruneau

PARIS

Librairie FISCHBACHER

(société anonyme)

33, Rue de Seine, 33

—

1907

À Mademoiselle

JEANNE SALIÈRES

E. D.

Naïs Micoulin

D'ALFRED BRUNEAU

———◦———

Etude analytique et thématique

———◦———

I

Deux actes passionnés et violents ; quatre personnages ; pas de chœurs.

Le livret de *Naïs Micoulin* a été extrait, par Alfred Bruneau, d'une courte nouvelle d'Emile Zola. Pour la première fois, le musicien s'est fait son propre librettiste. Ce ne sera pas la dernière. Il n'acceptera désormais, je le sais, aucune collaboration.

Naïs Micoulin est une belle fille du Midi. « Le soleil ardent lui dorait la peau, lui mettait au cou une large collerette d'ambre ; ses cheveux noirs poussaient, s'entassaient, comme pour la garantir de leurs mèches volantes... Elle ressemblait à une amazone antique, à quelque terre-cuite puissante,

tout à coup animée par la pluie de flammes
qui tombait du ciel. » Son père est métayer à
la Blancarde, une propriété qu'un avoué
d'Aix, M. Rostand, possède à l'Estaque, près
de Marseille, au bord de la Méditerranée.
Micoulin, « dur vieillard à la face noire et
creusée, devant lequel toute la maison trem-
ble », maltraite Naïs qui, « malgré ses
vingt ans, gardait pendant des semaines les
épaules bleues des sévérités du père. Celui-ci
n'était pas méchant ; il usait simplement avec
rigueur de sa royauté, voulant être obéi,
ayant dans le sang l'ancienne autorité latine,
le droit de vie et de mort sur les siens »,
Férocement jaloux, « il se promettait d'étran-
gler les amoureux s'il en découvrait jamais
autour des jupes de sa fille ». Naïs tenait par-
fois tête au vieux Micoulin ; alors il la rouait
de coups. « La jeune fille, après ces correc-
tions, restait frémissante. Elle s'asseyait par
terre dans un coin noir et là, les yeux secs,
dévorait l'affront. Une rancune sombre la
tenait ainsi, muette pendant des heures, à
rouler des vengeances qu'elle ne pouvait
exécuter. »

Frédéric, le fils des Rostand, s'est aperçu
un beau jour de la beauté de Naïs. C'est un
paresseux, un joueur, un débauché, qui
recouvre ses vices « d'une hypocrisie d'enfant
courbé par la peur... Il conduisait sa mère à

la messe, gardait une allure correcte, lui contait tranquillement des mensonges énormes qu'elle acceptait devant son air de bonne foi... On le citait pour ses bonnes manières ». Du même âge que Frédéric, la jeune paysanne s'est éprise de son maître. Une belle nuit, sur la falaise, à l'abri d'un vieil olivier, elle se donne à lui simplement, sainement. Pendant plusieurs semaines, Naïs et Frédéric s'aiment ainsi, à la belle étoile, à travers la campagne complice et indulgente. Un infirme, envoyé à l'Estaque par la maison des Enfants-Trouvés et qui travaille à la ferme, Toine, veille de loin sur eux. Il aime Naïs d'un amour fou et sans espoir. « Dans le pays, on riait de Toine. Micoulin avait dit : Je lui permets le bossu ; je la connais, elle est trop fière. »

Dans leurs courses nocturnes, Frédéric et sa maîtresse sentaient « comme une protection autour d'eux. A plusieurs reprises, Naïs avait voulu chasser Toine ; mais le pauvre être ne demandait qu'à être son chien : on ne le verrait pas, on ne l'entendrait pas ; pourquoi ne pas lui permettre d'agir à sa guise ? Dès lors, si les amants eussent écouté, quand ils se baisaient à pleine bouche dans les tuileries en ruines, au milieu des carrières désertes, au fond des gorges perdues, ils auraient surpris derrière eux des bruits étouffés de sanglots. C'était

Toine, leur chien de garde, qui pleurait dans ses poings tordus ».

Une nuit, le père Micoulin surprend les deux amants endormis, dans les bras l'un de l'autre, sous l'olivier qui surplombe la mer. Son premier mouvement est de les tuer, mais la prudence le retient ; il jure alors de se venger en n'éveillant aucun soupçon. Dans une partie de pêche, il vire de façon à faire chavirer la barque, mais Frédéric est sauvé par un bateau voisin ; une autre fois, au cours d'une chasse, le vieux s'arrange pour simuler encore un accident ; mais Naïs, dont les soupçons sont éveillés, guette son père et elle arrive à temps pour faire dévier son arme. La pauvre fille ne vit plus. « Du matin au soir, elle entend le silence obstiné de Micoulin répéter : Je le tuerai ». Le méger continue à maltraiter Naïs. Et une sombre haine s'allume en elle contre son père.

Cependant la famille Rostand va bientôt regagner la ville. Une deuxième partie de pêche est organisée pour le matin du départ. Les transes de Naïs augmentent ; elle se dit que, cette fois, son père ne laissera pas échapper l'occasion et que, coûte que coûte, il se vengera. Depuis quelques jours, Toine est occupé à creuser une rigole sur la falaise pour mener les eaux dans un potager. Ce travail est assez dangereux, car le terrain est

miné par les pluies et des éboulements se sont
souvent produits. Toine a de fréquents entre-
tiens avec Naïs et fait traîner son travail en
longueur. La veille du départ, le bonhomme
essaie d'emmener Frédéric à la pêche. Celui-ci
refuse : comme il est convenu, ce sera pour
le lendemain. Le père Micoulin est forcé,
pour gagner sa barque, de passer sous la
partie dangereuse de la falaise. Toine se met
alors à creuser plus activement. Tout à coup,
un éboulement se produit, écrasant le vieux
sous les regards chargés de haine de sa fille.

Les Rostand quittent la Blancarde après
l'accident. Frédéric, qui ne se doute de rien,
« est très satisfait de ce départ, en voyant ses
amours dérangés par ce drame horrible ;
d'ailleurs, décidément, les paysannes ne
valaient pas les filles. » Et il reprend sa vie
de basses débauches. A Pâques, M. Rostand
va à la Blancarde. Quand il en revient, il
annonce au milieu du déjeuner que Naïs se
marie... avec Toine le bossu. M. Rostand a
trouvé Naïs bien vieillie, bien enlaidie. Elle
était pourtant fort belle.

— Oh ! un déjeuner de soleil, répond Frédéric en achevant tranquillement sa côtelette.

Telle est la nouvelle dont Bruneau a tiré
les éléments de son drame. Il y a apporté
quelques modifications nécessitées par l'adap
tation scénique. Il a développé le personnage

de Toine, simplement esquissé par Zola ; dans le drame, le bossu prend une importance capitale. Frédéric a été, lui aussi, plus étudié, plus creusé ; ses côtés cyniques et odieux ont été davantage mis en lumière. Enfin le dénouement a été en partie modifié. En voyant Frédéric décidé à l'abandonner, malgré ce qu'elle vient de faire pour le sauver, Naïs, furieuse, le pousse dans le vide, au moment de l'éboulement de la falaise, et l'envoie rejoindre dans l'abîme le père Micoulin.

Le livret de *Naïs* est naturellement écrit en bonne et solide prose. Souvent Bruneau a intercalé dans son texte des phrases entières de la nouvelle. Il est, d'ailleurs, si bien imbu des idées et des procédés littéraires du grand romancier qu'on jurerait que la pièce a été écrite réellement par Zola.

II

Naïs Micoulin débute par un magnifique Prélude qui peut prendre place à côté de ses illustres aînés, ceux de *Messidor*, de l'*Ouragan* et de l'*Enfant Roi*.

Dans un mouvement lent, les cors murmurent deux fois de suite, p. 1, m. 1 et suiv., un motif, d'une expression chaude et péné-

trante, qui symbolise le *Pays de Provence* : ciel de flamme, mer de volupté, terre de feu et d'amour. La longue pédale de *fa* des violoncelles et des contrebasses, ponctuée par la grosse caisse *pp* et la harpe, représente la Méditerranée calme et murmurante, barrant l'horizon de son clair azur.

Les trois premières mesures du même thème se font entendre une troisième fois, *crescendo*, et plus chaleureusement, aux mêmes instruments, avec, en plus, les flûtes, le cor anglais et les clarinettes. Elles s'enchaînent avec un fragment d'un nouveau motif, celui du *Désir*, que les hautbois et les clarinettes lancent au *Modéré* de la p. 2.

Même page, m. 12, aux clarinettes et aux violons, thème de la *Volupté*.

Toujours p. 2, au *Très Modéré*, chanté par les violons et les altos, auxquels s'adjoignent, à la seconde mesure, les flûtes, les hautbois et les clarinettes, autre motif que je désignerai sous le nom de la *Joie d'Amour*.

Ce thème subit, p. 2, m. 17, 18.19, un renversement, au cor anglais, à la clarinette basse et aux cors, et p. 3, m. 2, 3, aux flûtes, aux hautbois, aux clarinettes, à la trompette et aux violons. L'orchestre ramène ensuite, plusieurs fois, ce même motif, tantôt sous sa forme directe, tantôt sous sa forme renversée, et celui du *Désir* (2). Page 5, m. 5, réapparition de la montée chromatique de la *Volupté* (3). Le thème du *Pays de Provence* (1) termine le Prélude comme il l'a commencé, mais avec une instrumentation un peu différente. Maintenant il est chanté par les bois, moins les flûtes, et les cors. Tandis que la pédale inférieure de *fa* reparaît aux altos et aux basses, les flûtes et les violons tiennent une pédale supérieure, dont la sonorité aigüe caractérise très heureusement l'éclatante lumière du ciel méridional. Il est important de remarquer que les thèmes 2, 3, 4 sont issus du motif initial et n'en sont, en réalité, que des développements.

Le décor représente le haut d'une falaise dominant la Méditerranée. A droite, un petit bois d'oliviers. En face, la mer s'étend immobile et bleue. Au loin, vers la gauche, Marseille, son port, ses maisons, le phare de Planier. En septembre, un peu avant le coucher du soleil, par un temps radieux.

Sous les arbres, mais hors de la vue, on entend la voix irritée de Micoulin qui appelle sa fille. Il ne tarde pas à entrer en scène. Par

trois fois le thème du *Pays de Provence*
revient aux violoncelles et aux contrebasses.
Les appels de Micoulin sont bâtis sur le
motif de la *Colère* que l'on trouve p. 7, m. 3,
au quatuor.

Naïs entre par la gauche sans se hâter.
Sous son air tranquille et souriant, on la sent
déjà frémissante de colère contenue. Au moment où arrive la jeune fille, le hautbois
expose le thème qui lui est particulier.

Ce motif exprime d'une façon tout à fait
remarquable le caractère enjoué, volontaire et
passionné de Naïs, sa vigueur savoureuse de
belle fille du Midi. Je le désignerai sous le
nom de thème de la *Saine Jeunesse*. Micoulin
reproche à Naïs de n'être jamais là quand on
a besoin d'elle ; elle s'absente par trop souvent, surtout depuis que les maîtres sont
arrivés au château. Est ce que leur fils,
ce petit vaurien de Frédéric, essaierait de
la débaucher ? Si pareille chose arrivait,
il le tuerait. En dehors du thème de la

Colère (5), qui revient à plusieurs reprises, quatre autres motifs apparaissent, pour la première fois, dans ces pages. D'abord celui de la *Tyrannie* (7 A), p. 8, dernière mesure et p. 9, m. 1, déroulé par le cor anglais et la clarinette, et p. 9, m. 2 et 3, celui de la *Jalousie Paternelle* (7 B) confié à la clarinette.

Le motif spécial à Frédéric se rencontre, p. 10, m. 1, 2, 3, 4, aux violons, aux altos et aux violoncelles. Il se divise en deux fragments que le compositeur emploie souvent de façon indépendante.

Ce motif symbolise, dans son allure nonchalante, tous les mauvais instincts de Frédéric, son hypocrisie, sa veulerie, sa paresse, sa débauche, Appelons-le la *Jeunesse vicieuse*. Page 11, m. 9, 10, la menace de Micoulin : *Je le tuerais, entends-tu*, est bâtie sur le thème du *Meurtre* qu'on trouvera plus tard à l'orchestre.

La discussion continue et s'envenime entre le père et la fille. Celle-ci se révolte à la fin ; elle a vingt ans ; elle ne veut plus être jalousée ni rouée de coups. Dans cette scène, le motif de la *Saine Jeunesse* (6) subit d'importantes transformations, Page 13, m. 7, 8, la phrase caractéristique de la jeune fille est ramenée en valeurs augmentées par la trompette, affirmant la révolte de sa dignité contre le despotisme paternel. Sous cette forme, elle revient plusieurs fois avec une instrumentation différente. Le même thème se transforme aussi en d'intéressantes formules d'accompagnement : p. 14, m. 3 et suiv, aux clarinettes ; p. 15, m. 9. 10, aux violons ; p. 19, m. 4, 5, aux violoncelles ; m. 6 et suiv., aux violons. Aux m. 4 et 5, il est uni au motif de la *Jalousie* (7 B), et, m. 6, à sa forme augmentée, dite par les cors. Ce dernier motif et celui de la *Jalousie Paternelle* se superposent p. 21. Les autres thèmes employés sont ceux de la *Colère* (5), dont une transformation se trouve p. 21, dernière mesure ; de la *Tyrannie* (7 A) et de la *Jalousie* (7 B), traité en augmentation p. 12, m. 7 et suiv., et par renversement, p. 13, m. 3 et suiv. Une autre transformation du même motif, est encore à citer p. 17. m, 4, 5, aux trompettes, et, dernière mesure, aux cors.

Furieux, Micoulin s'élance sur sa fille.

Celle-ci lève la main elle aussi. Toine accourt, les sépare et implore le vieux pour qu'il ne frappe pas Naïs. A ce moment, au 6/4 de la page 22, les premiers violons chantent *pianis-simo* la belle phrase qui exprime le *Dévoue-ment aveugle* du pauvre bossu.

Toujours p. 22, m. 10, 11, thème de la *Douleur*.

Micoulin commence par rudoyer Toine. Naïs intervient, railleuse. Le bossu est son bon ami, son seul bon ami ; on le trouve sans cesse sur sa route. Le thème de la *Colère* (5) revient tandis que Micoulin envoie promener Toine et ordonne à Naïs de le suivre. Il va la corriger comme elle le mérite. La jeune fille refuse. Le thème de la *Saine Jeunesse* (6) subit ici, p. 25, à l'*Un peu moins Lent*, une nouvelle transformation, cette fois à 6/4 et en valeurs très augmentées. Amenée d'abord par le cor, elle passe ensuite à divers instruments. La phrase de Toine : *Je la raisonnerai et la consolerai* est bâtie sur elle. Le père

Micoulin veut quand même se jeter sur Naïs.
Toine l'arrête encore. Retour, à la clarinette,
du *Dévouement* (10) et, un peu plus loin, de la
Douleur (11). Finalement, comme Toine
affirme au vieux qu'il va raisonner Naïs,
Micoulin s'éloigne. Il est tranquille, il sait
que Naïs est trop fière pour aimer l'infirme.
« Je te permets le bossu, lui dit-il ; quant à
ton Frédéric, je le tuerai ! » Le motif du
Meurtre (9) éclate aux trombones et au tuba.
Auparavant reparaît, en valeurs diminuées,
celui de la *Tyrannie* (7 A).

L'alto solo soupire une transformation du
thème du *Dévouement* (10). Anxieusement,
tendrement, Toine interroge la jeune fille :
ainsi, c'est donc vrai, elle aime Frédéric !
Avec l'égoïsme inconscient et cruel de la
femme amoureuse, Naïs avoue tout au bossu.
Pourquoi lui mentirait-elle ? N'est-il pas son
ami ? Il ne peut être jaloux, lui, « avec sa
douceur d'infirme et sa bonté de polichi-
nelle ». Naïs lui raconte donc comment elle
est devenue la maîtresse de son jeune maître
et elle lui confie les craintes que lui inspirent
les menaces de son père. Ces confidences
sont exprimées de façon tout à fait remarquable dans leur ardente simplicité. Pages 30
et 31, on retrouve le thème de la *Saine Jeunesse* (6) sous une forme augmentée ; page
32, celui de la *Jeunesse vicieuse* (8) ; pages

33 et 34, celui de la *Joie d'Amour* (4) sous son renversement ; même page, celui du *Désir* (2) ; enfin, page 34, celui du *Meurtre* (9).

Alors qu'une transformation de la *Douleur* (11) éclate aux flûtes, aux hautbois, aux clarinettes et aux violons, Toine fond en larmes au grand étonnement de Naïs qui, à son tour, interroge l'infirme. Toine, dans une admirable page toute vibrante de désespoir et de tendresse passionnée, lui fait alors l'aveu de son amour. Le beau thème spécial à celui-ci se

rencontre p. 36, m. 6. 7, 8, au chant, puis, m. 8 et p. 37, m. 1, et 2, à la clarinette et plus loin au hautbois.

Il revient plusieurs fois dans ce passage. Page 36, m. 2, à la voix, et p. 38, m. 6, 7, à la flûte et au cor anglais, signalons deux transformations du *Dévouement* (10). La transformation de la *Douleur* (11) reparaît encore p. 40 à l'*Assez Modéré*.

Naïs reste stupéfaite ; elle ne se doutait de rien. Toine continue sa déclaration résignée et douloureuse ; il sait bien que la jeune fille ne peut l'aimer, lui, le bossu. « Il ne se plaint pas, il ne lui reproche rien que de se préparer pour de prochains jours d'atroces douleurs », car Frédéric est incapable d'un attachement sérieux ; son caprice satisfait, il abandonnera Naïs. A l'*Animé* de la p. 41, la trompette murmure le thème veule de la *Jeunesse vicieuse* (8). Au *Modérément Animé* de la même page, la *Douleur* (11) se transforme en dessin d'accompagnement aux clarinettes, tandis que la phrase vocale est construite sur le motif de l'*Amour de Toine* (12) qu'on retrouve à l'orchestre, p. 42. Les motifs du *Dévouement* (10) et de la *Saine Jeunesse* (6), transformés tous les deux, se superposent au *Modéré* de la p. 43. Le premier est chanté par les flûtes, les hautbois, les clarinettes ; le second par les cors. Naïs impose silence à Toine ; elle ne veut pas souffrir, elle veut être heureuse. Et le thème spécial à la jeune provençale (6) revient en sa forme augmentée aux bassons, aux violoncelles et aux contrebasses. Mais Toine lui affirme que ne pas vouloir souffrir, c'est demander l'irréalisable. Fatalement un jour viendra où elle souffrira. Pourtant il l'aime assez, lui, pour faire en sorte que ce soit le plus tard possible. Qu'elle aime donc son Frédéric en toute tranquillité ; il veillera sur l'amant de Naïs, il empêchera le père Micoulin de mettre ses menaces à exécution, il sera le bon chien fidèle et ne gardera, pour lui, que l'âpre allégresse de son sacrifice. Tout ce

passage est d'une émotion communicative
qui atteint souvent à une admirable grandeur.
Le motif de la *Douleur* (11) affecte deux nou-
velles formes : la première p. 44, dernière
mesure, et p. 45, aux violons ; la seconde,
p. 46, m. 4 et suiv., au cor anglais, aux violons et aux altos, se superpose à une autre
transformation du *Dévouement* (10) confiée
aux violoncelles et aux contrebasses. Page 47,
au *Très Modéré*, c'est maintenant le tour du
thème de la *Saine Jeunesse* de se transformer
en une formule d'accompagnement que font
entendre les flûtes, les hautbois et les clarinettes. Page 47, m. 5, 6, 7, au chant, motif
du *Sacrifice* que les trompettes exposent
page suivante, m. 1, 2, sous sa forme principale.

Toujours p. 48, à l'*Assez Animé*, et p. 49, au
Modérément Animé, superposition d'une des
formes du *Dévouement* (10), la première fois
à la flûte, au hautbois, au cor anglais et à la
clarinette, la seconde fois aux violons, et
d'une nouvelle transformation de la *Saine
Jeunesse* (6) confiée d'abord à la clarinette
basse, aux bassons et aux violoncelles, ensuite
au cor anglais. P. 49, à l'*Animé*, motif de la
Jeunesse vicieuse (8), et p. 50, m. 3, 4, 5, au

chant, thème du *Meurtre*. La *Douleur* (11)
revient encore p. 51 au **C** et se superpose
m. 7, 8, au *Dévouement*. Page 52, la sortie
désespérée de Toine est accompagnée par ce
dernier thème qui éclate à la clarinette basse,
aux bassons, aux trombones, au tuba, aux
violoncelles et aux contrebasses, pendant que
les autres bois, les violons et les altos, l'en-
tourent d'une des formes de la *Douleur*,
signalée plus haut.

Frédéric arrive tranquillement la cigarette
aux lèvres. Impatiente, Naïs court au-devant
de lui et lui reproche de ne pas se presser.
N'a-t-il donc pas hâte de la retrouver ? Mais
si, car sans Naïs il mourrait d'ennui à la
Blancarde. Et la conversation continue entre
les amoureux, faisant ressortir la sincérité
de la jeune paysanne qui s'est donnée en
toute franchise, qui croit aveuglément en son
amant et le froid égoïsme du fils de famille,
jouisseur et débauché, vivant sans souci du
lendemain, estimant que « la joie est l'unique
raison de l'existence et qu'il vaut mieux con-
tenter ses sens dans l'amusement et les rires
que d'user son cœur dans les larmes et les
peines. » La musique met en lumière, d'une
façon saisissante, l'opposition des deux caractères.

Au début de cette scène, p. 53, le motif de
la *Jeunesse vicieuse* (8), subit deux transfor-

mations qui se superposent. L'une est confiée
aux flûtes, aux hautbois, au cor anglais,
aux clarinettes, aux violons et aux altos ;
l'autre à la clarinette basse, aux bassons, au
trombone et aux violoncelles. Une autre
transformation du même thème est encore à
signaler p. 54, m. 7 et 11.

Le thème de la *Saine Jeunesse* (6) revient
sous plusieurs transformations importantes ;
p. 55, m. 3 à la flûte et au cor anglais ; p. 58,
m. 1, 2 au chant doublé par le hautbois ;
p. 59, m. 2 et suiv. aux flûtes et aux violons ; p. 60, m. 6, 7, aux violons, toutes
soulignant avec une précision et une souplesse remarquables, le développement des
caractères et les diverses intentions du texte
littéraire. Le motif de la *Jeunesse vicieuse* (8)
accompagne p. 60, 61, 62, la cynique pro-
fession de foi de Frédéric. Page 57, m. 5,
et suiv. on trouve aux flûtes et à la harpe
sous les mots de Naïs : *Je ne ressemble
guère pourtant aux dames de la ville,*
l'ébauche d'un nouveau motif qui apparaît
plus loin p. 68, à l'*Assez Animé* proclamé
par le cor.

Il symbolise la *Ville corruptrice*, dont la

crainte hante continuellement le cerveau de Naïs.

Cependant la nuit est venue ; tout là-bas les lumières de Marseille s'allument peu à peu ; au large, brille le feu du phare de Planier ; de la mer, qui se brise voluptueusement au pied de la falaise, monte un pénétrant parfum d'herbes marines.

La Nature en amour pousse les deux jeunes gens dans les bras l'un de l'autre, courbant devant elle tous les sentiments, bons ou mauvais, toutes les volontés, nobles ou non. Micoulin et Toine ont prévenu Naïs ; ils lui ont dit que Frédéric est un menteur, un débauché, un homme sans conscience : elle le sait, mais la Nature est plus forte que tout. Et ce Frédéric lui-même, malgré son cynisme et son froid égoïsme, est, à certain moment, emporté dans le grand tourbillon universel qui soumet à sa loi fatale les êtres et les choses, et obligé d'aimer sincèrement pendant quelques minutes.

Cette longue scène, au double point de vue du chant et de l'orchestre, peut compter parmi les meilleures pages d'Alfred Bruneau. C'est un hymne vibrant et enthousiaste, une glorification puissante de toutes les forces de la Nature, éternellement aimante et féconde. Elle est presque entièrement construite sur les thèmes déjà apparus dans le Prélude,

c'est-à-dire ceux du *Pays de Provence*, {1},
du *Désir* (2), de la *Volupté* (3), et de la
Joie d'Amour (4), ce dernier, tantôt sous sa
forme directe, tantôt sous sa forme renversée.
Le *Désir* se transforme en formule d'accompagnement p. 67 au C. et p. 68, 69, 70.
Pendant que la flûte et le célesta la déroulent,
le cor fait entendre le thème si caractéristique de la *Ville Corruptrice* (14), et Naïs
lance ses imprécations contre Marseille. A
l'*Assez modéré* de la p. 71, gronde aux
violoncelles et aux contre-basses, un motif
issu de celui de la *Saine Jeunesse* (6). Appelé
à jouer dans le second acte, un rôle important,
il a trait à la *Vengeance* de Naïs.

Ici, il souligne ces paroles de la jeune fille :
*Tu es loin peut-être d'imaginer quelle femme
je suis et ce qui arriverait si tu me quittais.*
Les deux fragments du motif de la *Jeunesse
vicieuse* (8), reparaissent à l'*Animé* de la
p. 73, et p. 74, ainsi que vers la fin de l'acte,
quand les amants s'enlacent éperdument. Le
fragment B est quelque peu modifié. L'une des
transformations du thème de la *Saine Jeunesse*
(6), revient pendant l'ensemble des p. 77
— 81, construit sur l'admirable motif du

Pays de Provence (1). Un autre thème, celui de la *Possession*, se rencontre à l'accompagnement de ce fragment, p. 79 au Ier *Mouvement*, chanté par les violons, les altos, auxquels les flûtes viennent bientôt s'adjoindre et superposé à la forme de la *Saine Jeunesse*, signalée tout à l'heure, confiée aux bassons, à la clarinette basse et aux violoncelles.

Tout serait à citer dans ce duo où les phrases mélodiques surgissent à chaque instant, toutes plus prenantes les unes que les autres, rehaussées d'une orchestration chaude et enveloppante.

Tout à coup le cor anglais, la clarinette basse, les bassons, les cors, les altos et les violoncelles lancent les notes sinistres du thème du *Meurtre* (9). Derrière les amants une forme noire sort de l'ombre. C'est Micoulin, tenant à la main une petite hachette. Il va s'approcher, frapper Frédéric, quand Toine qui, invisible dans un coin, le guettait, lui arrête le bras. *Es-tu fou,* lui dit-il, le *sang te dénoncerait !*

Le vieux paysan, la face raidie de rage contenue et de décision farouche, s'en va à pas de loup ; Naïs et Frédéric s'éloignent de

l'autre côté ; Toine éclate en sanglots. Le
rideau tombe sur une superposition du motif
de la *Douleur* (11), sous sa principale transformation, aux pistons et aux trompettes et
de la *Colère* (5), au cor anglais, à la clarinette
basse, aux bassons, aux cors, aux altos et aux
violoncelles.

*
* *

Même décor pour le second acte. Seulement
on est, aujourd'hui, à la fin d'octobre, par un
temps gris et triste. Le ciel et la mer se
confondent dans une brume épaisse. Un
prélude, plus court mais non moins beau que
celui du 1er acte, le précède. Il commence,
comme l'autre, par le thème du *Pays de
Provence* (1), confié cette fois, aux flûtes, aux
3e et 4e cors et aux trompettes. Ce n'est plus,
maintenant, la contrée ensoleillée, rutilante
de joie et de lumière, mais un coin désolé et
morne, tout ouaté par le brouillard. Page 83,
m. 8, 9, 10, le motif initial subit à la clarinette basse, aux bassons, au contre-basson,
aux violoncelles et aux contre-basses un renversement. Au *Modérément lent* de la même
page, le thème de la *Vengeance* (15), revient
aux trombones et au tuba. De nouveau le
Pays (1) se fait réentendre aux flûtes, à trois
cors, à la clarinette et au piston et, renversé,
aux mêmes instruments. Puis, au *Très Modéré*

de la p. 84, les flûtes, les hautbois, les clarinettes et les cors amènent une transformation
du motif de la *Jeunesse vicieuse* (8), signalée
vers la fin del'acte précédent. Page suivante,
quatre mesures avant le lever du rideau, les
trompettes et les violons chantent le thème
de la *Joie d'Amour* (4).

Toine pioche violemment le sol, au bord
du gouffre, tout en chantant un rude refrain
de paysan.

Terre, Terre, mère des hommes
Obéis moi !
Tu m'a créé de ton argile
Pour me donner toute ta force.
Obéis moi !

Terre, Terre, santé des hommes
Obéis moi !
Tu m'as nourri de ta farine,
Pour me donner toute ta sève,
Obéis moi !

Terre, Terre, gloire des hommes
Obéis moi !
Tu m'as rempli de ta tendresse
Pour me donner toute ta joie,
Obéis moi !

Terre, Terre, labeur des hommes
Obéis moi !
Tu m'as voué aux dures tâches
Pour me donner toute ton âme,
Obéis moi !

Terre, Terre, tombeau des hommes
        Obéis moi !
Tu nous reprends et tu nous gardes,
Pour nous donner toute ta vie,
        Obéis moi !

J'ai cité toutes les strophes pour montrer que, chez Bruneau, le musicien est doublé d'un véritable poète. Cette chanson, d'une mélodie large, simple et frappante, est écrite dans le style populaire, mais sur un thème entièrement de l'invention du compositeur.

Chaque strophe est variée par un accompagnement spécial. Celui de la dernière est constitué par un motif figurant l'*Eboulement* de la falaise. Confié à tous les bois, à la harpe et au quatuor, il se divise en deux parties :

l'une composée de croches, l'autre de doubles croches en gamme. Cette gamme se développera plus tard (p. 126 et 155); en montant et

en descendant sur deux accords spéciaux,
eux aussi, à l'*Eboulement*.

Naïs, sombre et tragique, s'approche de
Toine. Au *Moins Largement* de la p. 91, le
thème de la *Terre* (17), lancé *ff* par les cors,
les violons et les altos, s'unit à celui de la
Saine Jeunesse (6) qui retentit en valeurs
augmentées aux trombones et au tuba. Tandis
que le motif de la *Terre* (17) se maintient à
l'accompagnement, Naïs interroge le bossu
sur son travail. Il lui explique qu'il creuse
une rigole pour faire écouler les eaux. Et,
comme la jeune fille, fixant ses yeux sur les
siens, lui fait remarquer qu'il ébranle davantage le sol si peu solide de la falaise, il
répond brusquement que cela le regarde seul.
Pourtant, s'étant aperçu de l'air triste de
Naïs, il interrompt son labeur pour s'enquérir
avec intérêt de ce qui la préoccupe. Serait-
elle déjà moins heureuse ? Page 94, m. 1 et
suiv. et dernière mesure, le motif de la *Saine
Jeunesse* (6) reparaît encore sous deux de ses
formes. La jeune fille fait part à Toine de
ses craintes. Micoulin a déjà failli tuer Frédéric ; elle ne dort plus. Le thème du
Meurtre (9) revient plusieurs fois ; il subit,
au cor anglais, aux bassons, aux cors et aux
altos, p. 96, m. 8, 9, et p. 97, m. 1, 2, une
modification. C'est encore le *Meurtre* et un
développement de ce motif qui accompagne

le passage où Toine confie à Naïs que, trois
fois déjà, il a fait échouer l'assassinat prémé-
dité par le vieux paysan. Il lui révèle alors le
nouveau projet du père Micoulin qui veut
emmener Frédéric en mer pour le noyer dans
un accident simulé. Au *Très vif* de la p. 99,
aux violons et aux altos, intéressante transformation du motif de la *Terre* (17) qui,
p. 100, m. 10, 11, 12, aux altos et au basson,
s'unit à une transformation de celui du
Meurtre (9) murmurée par le hautbois. Naïs
pousse un cri. Comment empêcher le crime ?
Tandis qu'à l'orchestre passe le thème de
l'*Eboulement* (18), Toine fait un geste signifi-
catif et lève sa pioche pour continuer à ébranler
la falaise. La jeune fille a une révolte. Son
père écrasé sous une masse de terre ! ! Non,
ce serait abominable, et elle éclate en sanglots. Le motif de l'*Eboulement* (18) gronde
de nouveau p. 102, m. 10, 11, 12 ; celui de
la *Terre*, proclamé par les flûtes, le hautbois,
les pistons et les trompettes, se superpose à
lui. Naïs se confie à Toine. Elle sent que
Frédéric lui échappe, qu'il se lasse, tandis
qu'elle l'aime tous les jours, plus ardem-
ment. Page 103 à l'*Assez Modéré*, superposition des fragments A et B de la *Jeunesse
vicieuse* (8) et, p. 104, au *Modérément Animé*,
autre transformation du même thème. Même
page, retour de la *Joie d'Amour* (4).

Toine s'apitoie sur Naïs ; tout son amour contenu monte à ses lèvres et s'exhale avec une débordante tendresse. Le moment inévitable de la douleur est arrivé pour Naïs. Elle trouvera plus tard auprès de lui l'oubli et la guérison. Peut-être alors l'aimera-t-elle « de tout son cœur saignant ». Mais, auparavant, il veut qu'elle ait encore quelques minutes heureuses, et il sauvera une fois de plus Frédéric, fut-ce au prix d'un crime. Page 104, au *Modérément Animé*, nouvelle transformation de la *Jeunesse vicieuse* (8). Le thème d'*Amour* (12) revient à diverses reprises p. 105, 106, — cette fois superposé, m. 9, à celui du *Dévouement,* — p. 107, 108, 110. Ce dernier motif, transformé, se maintient p. 106, à l'accompagnement, et, p. 110, m. 2, s'unit à la *Douleur* (11), reparue déjà à l'*Assez Modéré* de la p. 109. Au *Modérément Animé* de la p. 110 et p. 111, sous une des transformations du motif de la *Saine Jeunesse* (6), aux flûtes, aux hautbois et aux clarinettes, la trompette murmure celui du *Sacrifice* (13) ; p. 113, m. 1 et suiv., c'est celui de la *Terre* (17) ; affirmé par la clarinette basse, les bassons, les violoncelles et les contrebasses, qui s'unit à cette forme de la *Saine Jeunesse.*

Un affreux combat se livre dans le cœur de Naïs ; elle ne sait plus ce qu'elle veut ;

par instants, elle est tentée de laisser son père
tuer Frédéric pour qu'il n'aille pas avec
d'autres. Que faire? Que résoudre? Et Frédéric, dans un instant, va venir lui dire adieu,
car, ce que Toine ignore encore, toute la
famille regagne, le soir même, la ville.
Pages 114, m. 1, 115, 116, 117, 118, une
transformation de la *Saine Jeunesse* (6) est à
signaler. A l'*Un peu moins Animé* de la
p. 114, un nouveau motif émerge au piston
et aux trompettes. Il spécifie l'*Affôlement* de
Naïs.

Il se maintient à l'orchestre p. 116, 117, 118.
Toine se sent à présent « l'unique arbitre
des événements ». Mais il entend pousser
son immolation jusqu'au bout. Il ne pèsera
en rien sur la Destinée. Que Naïs « agisse à sa
guise et ne pense qu'à sa joie ». Tout ce passage est encore d'une expression et d'une
émotion profondes. Il est accompagné par les
motifs du *Dévouement* (10) et de l'*Amour* (12)
et par celui de la *Saine Jeunesse* (6) en
augmentation. Naïs remercie le bossu en une
phrase admirable qui est la perle de toute la
partition et l'une des plus belles inspirations
du compositeur. Elle se déroule, sur une

superposition de l'*Amour*, aux violons et aux altos, et du *Dévouement*, aux violoncelles et aux contrebasses. A l'*Un peu moins Lent* de la p. 122, le thème de la *Saine Jeunesse* (6) se fait entendre, renversé, au chant et à la clarinette.

Toine se remet à sa besogne, tandis que la clarinette basse et deux cors murmurent le motif de la *Terre* (17). Naïs se retourne et se trouve en face de Frédéric. D'un ton persifleur, il demande à la jeune fille si elle veut le rendre jaloux du bossu ? Naïs hausse les épaules : Toine leur est entièrement acquis ; il se ferait couper la main pour eux. Et comme Frédéric s'avance vers la falaise, sa maîtresse l'arrête avec un geste d'effroi. Qu'il n'aille pas là, le terrain n'est pas solide. Les accords et la gamme de l'*Eboulement* (18) retentissent à l'orchestre. Au *Très Animé* de la p. 123, le hautbois fait entendre une amusante transformation du motif de la *Jeunesse vicieuse* (8) qui prend ainsi un air de *je m'en fichisme* particulièrement réussi. Au cours de cette scène, d'ailleurs, certains motifs par leurs transformations et leur instrumentation s'encanaillent selon l'infamie de Frédéric. Page 124, m. 3 et suiv., aux violons, transformation du *Dévouement* (10). Naïs interroge anxieusement son amant. Alors, c'est décidé, il part ce soir ? Aux violoncelles et aux contrebasses, thème de la *Terre* (17). Frédéric répond avec ennui, pendant que la transformation de la *Jeunesse vicieuse* (8) reparaît au hautbois, puis à la flûte. Naïs l'accuse de l'aimer de moins en moins, alors qu'elle l'aime de plus en plus. Page 128, transformation de la *Saine Jeunesse* (6). La scène de jalousie éclate inévitablement, soutenue, en partie, par une transformation de la *Joie d'Amour* (4), apparue pour la première fois, aux bassons, aux violoncelles et aux contrebasses, p. 129, m. 2 et suiv. Naïs supplie Frédéric. A-t-il donc oublié leurs nuits d'amour, là, sous l'olivier ? Et le thème du *Pays de Provence* (1) chante aux cors. Puis c'est Marseille qu'elle évoque et maudit de nouveau. Retour du motif de la *Ville corruptrice* (14), enveloppé de la formule d'accompagnement issue du *Désir* (2). La supplication de la jeune paysanne se fait plus pressante. Il n'est pas possible que Frédéric la quitte. Elle lui « à tout donné, sa beauté, sa jeunesse, ses espérances et ses rêves ». Et elle se traîne en pleurant à ses pieds. Le désespoir de Naïs est éloquemment rendu. A l'orchestre reparaît encore le thème de la *Ville corruptrice* (14), une des formes de celui de la *Saine Jeunesse* (6), ceux du *Désir* (2) et de la *Possession* (16). Frédéric reste silencieux et fait un geste d'impatience.

Naïs, se relevant, lui déclare qu'elle ira partout crier sa lâcheté. Elle lui montrera la femme qu'elle est. Toutes les cordes clament le motif de *Vengeance* (15). Frédéric se fâche alors et son caractère apparaît dans toute son ignominie. Il ne veut pas s'embarrasser d'une fille comme Naïs ; il veut bien s'amuser, mais rester libre. Et puis elle doit s'estimer heureuse des cadeaux qu'il lui a donnés ; d'ailleurs, il ne l'oblige point à la fidélité. Ce passage est commenté à l'orchestre par des transformations de la *Jeunesse vicieuse* (8) et de la *Joie d'Amour* (4). Naïs crie son désespoir et Frédéric sa passion de jouissance, tandis que Toine reprend le refrain de la Terre. Court ensemble d'un heureux effet. Aux voix des deux amants s'unissent, transformés, les thèmes qui les personnifient si bien ; celui de la *Saine Jeunesse* (6) revient aussi à l'accompagnement, ainsi que deux transformations du *Dénouement* (10), dont la seconde, au 3/4 de la p. 144, se mêle au thème de la *Terre* (17).

Le motif du *Meurtre* (9) retentit aux trombones et au tuba. Le père Micoulin, frémissant, cachant à grand'peine sa rage, arrive avec ses filets sur le dos. Il engage Frédéric à le suivre à la pêche ; la mer est belle aujourd'hui. Et avec des sous-entendus terribles, un air bonasse qui ne peut tromper ni

Naïs, ni Toine, il déclare à son jeune maître qu'il le conduira « à un endroit qu'il connaît, où la mer est plus caressante et plus berçante encore » ; qu'il se fie à lui. Un retour du thème du *Meurtre* (9) dévoile son réel dessein. Les motifs spéciaux à Micoulin, c'est-à-dire ceux de la *Tyrannie* (7 A) et de la *Jalousie* (7 B), transformés et superposés, et de la *Colère* (5), servent de base symphonique à cette page, concurremment avec un dernier *leitmotiv* que l'on rencontre p. 148, à l'*Assez Modéré*, aux violons, et qui s'applique à la *Volonté* du vieux.

Pendant que vibre éperdûment aux flûtes, aux hautbois, aux clarinettes et aux violons une transformation de la *Joie d'Amour* (4) et qu'éclate à la clarinette basse, aux bassons, aux cors, aux altos et aux violoncelles la phrase de la *Terre* (17), Micoulin pousse un sinistre éclat de rire et se met à descendre la falaise. Toine recommence à piocher furieusement le sol. Et comme Frédéric se prépare à suivre le paysan, Naïs l'attire à elle et, en quelques mots entrecoupés, elle lui révèle le projet de son père. Frédéric pousse un cri d'épouvante. Réapparition du motif de l'*Affollement* (19).

La jeune fille ne veut pas que son amant meure, car elle l'aime plus qu'aucun être en ce monde ; la clarinette, à laquelle vient bientôt se joindre la flûte, déroule ici une nouvelle transformation de la *Joie d'Amour* (4). Elle le sauve, Dieu sait à quel prix ! mais il la gardera, au moins. Frédéric, tremblant, essaie de se dégager de l'étreinte de Naïs. « Fille d'assassin, femme de malheur, lui crie-t-il, jamais tu ne me reverras ! » Aux hautbois et aux clarinettes passe une transformation de la *Saine Jeunesse* (6). Et, brusquement, la catastrophe se produit, tandis que le motif de l'*Eboulement* (18) s'élève *fortissimo*. Frédéric veut s'enfuir, mais Naïs le pousse à son tour dans le gouffre ; il disparaît dans le nuage de poussière rouge qui s'élève. Toine tend les bras à Naïs qui y tombe et, dans un bel unisson, ils se courbent sous la volonté du Destin et se réunissent pour toujours dans la Douleur. Une transformation du motif de la *Terre* (17) apparaît, p. 156, m. 1, 2, 3, aux trompettes. Même page, m. 4, thème de l'*Eboulement* (18) ; m. 5, renversement, au basson, de celui de la *Saine Jeunesse* (6) ; m. 7, thème de la *Douleur* (11). Enfin, p. 157, trois mesures avant la chute du rideau, le motif du *Dévouement* (10) se fait entendre une dernière fois au troisième trombone, au tuba, aux violoncelles et aux contrebasses.

*
* *

Comme l'a écrit très justement M. Louis de
Fourcaud, « ce drame, resserré à l'extrême,
ne donne cependant pas, au théâtre, la sensa-
tion d'une œuvre écourtée ». C'est que,
à l'encontre de presque tous les opéras en
deux actes dont on nous a saturés depuis
Cavalleria Rusticana, *Naïs Micoulin* ne
comporte pas seulement une action plus ou
moins brutale, mais aussi une étude psycho-
logique. Les personnages ne vivent pas exclu-
sivement d'une vie extérieure, dont les péripé-
ties créent l'unique intérêt ; ils nous touchent,
avant tout, par le drame qui se passe dans
leurs âmes et que le musicien révèle et com-
mente avec une remarquable puissance d'émotion. Naïs, Toine, Frédéric, Micoulin sont
dessinés avec une telle précision et, en même
temps, avec une telle ampleur qu'ils font cra-
quer, par instants, le cadre étroit de l'action
pour s'élever à la hauteur de véritables sym-
boles. Et ce n'est pas la moindre qualité de
cette œuvre vigoureuse et saine. Brûlante et
joyeuse au premier acte, froide et triste au
second, la Nature joue, dans *Naïs Micoulin*,
un rôle prépondérant. Sans avoir eu besoin
de recourir au *folklore* de la Provence, le
compositeur, — ceci est intéressant à signaler, — est arrivé néanmoins à donner à toute la

partition un coloris vraiment méridional. Les thèmes, toujours d'une invention heureuse, sont traités, selon les situations, avec une souplesse qui souligne admirablement les différents états d'âmes des quatre héros. La partie vocale est claire, précise, intensément expressive ; la musique fait constamment corps avec les paroles. L'instrumentation, enfin, est toujours nourrie, sans être bruyante et riche, sans ostentation.

Dans *Naïs Micoulin*, Alfred Bruneau est demeuré l'artiste puissant et original, le fier musicien, ennemi de toutes les concessions au mauvais goût ou à la mode qui, depuis dix-sept ans bientôt, lutte sans défaillances pour le triomphe de son Idéal.

Nantes. — Imp. F. Salières, 12, rue Santeuil.

DU MÊME AUTEUR

~~~~~~

Études analytiques, critiques, thématiques

L'ATTAQUE DU MOULIN, d'*Alfred Bruneau*.

BRISÉIS, d'*Emmanuel Chabrier*.

CONSONNANCES ET DISSONANCES.

LE CHANT DE LA CLOCHE, de *Vincent d'Indy*.

EMMANUEL CHABRIER ET GWENDOLINE.

L'ENFANT-ROI, d'*Alfred Bruneau*.

L'ÉTRANGER, de *Vincent d'Indy*.

L'ÉVOLUTION MUSICALE CHEZ VERDI : AIDA, OTHELLO, FALSTAFF.

LA FAUTE DE L'ABBÉ MOURET, d'*Alfred Bruneau*.

LES FEMMES DANS L'ŒUVRE DE RICHARD WAGNER, avec une préface d'*Alfred Bruneau* et vingt dessins d'*A. de Broca*.

FERVAAL, de *Vincent d'Indy*.

HÆNSEL ET GRETEL, d'*E. Humperdinck*.

KÉRIM, LE REQUIEM, LA BELLE AU BOIS DORMANT, PENTHÉSILÉE, LES LIEDS DE FRANCE, LES CHANSONS A DANSER, d'*Alfred Bruneau*.

LES INTERPRÈTES MUSICAUX DU FAUST DE GOETHE (épuisé).

MESSIDOR, d'*Alfred Bruneau*.

L'ŒUVRE LYRIQUE DE CÉSAR FRANCK.

L'ŒUVRE THÉATRAL DE MEYERBEER.

L'OURAGAN, d'*Alfred Bruneau*.

PROSERPINE, de *Saint-Saëns*.

LE RÊVE, d'*Alfred Bruneau*.

SAMSON ET DALILA, de *Saint-Saëns*.

SANCHO, de *E. Jaques-Dalcroze*.

TANNHÆUSER.

LES TROYENS, de *Berlioz*.

LE VAISSEAU FANTÔME.

Ouvrages divers

COLLOT D'HERBOIS A NANTES, d'après une pièce originale découverte dans les Archives de la Ville.

DIX JOURS A BAYREUTH.

LE THÉATRE A NANTES DEPUIS SES ORIGINES JUSQU'A NOS JOURS (1430-1901), avec dix gravures et un portrait.

NOTES DE VOYAGE.

SOUVENIRS DE BAYREUTH.

www.ingramcontent.com/pod-product-compliance
Lightning Source LLC
Chambersburg PA
CBHW071256210626
46818CB00013B/1465